Digger y Daisy

van de picnic

Por Judy Young
Ilustraciones de
Dana Sullivan

Sleeping Bear Press™

2395 South Huron Parkway, Suite 200
Ann Arbor, MI 48104
www.sleepingbearpress.com

Impreso y encuadernado en Estados Unidos.

10 9 8 7 6 5 4 3 2 1 (case)
10 9 8 7 6 5 4 3 2 1 (pbk)

Información del catálogo de publicación de la Biblioteca del Congreso

Catalogación en publicación de la Biblioteca del Congreso en el archivo de datos
ISBN 9781627539524 (tapa dura) — ISBN 9781627539609 (tapa blanda)

Traducción por Lachina

Para Milla y Sasha
—Judy

Para papá, que huele
TODAS las flores.
—Dana

Digger y Daisy caminan hasta el parque para hacer un picnic.

A Daisy le gusta
observar cosas.

A Digger le gusta oler cosas.

Y tiene una excelente nariz.

Pasan por un jardín.

Digger mueve la nariz.

Olfatea. Inspira.

—¿Qué es ese olor? —pregunta Digger.

Daisy mira.

—Flores —responde.

Digger mete la cabeza en las flores.

—Huelen bien —dice Digger.

—¡Cuidado! —le dice Daisy—.
¡Te va a picar esa abeja!

Digger y Daisy pasan por una casa.

La ventana está abierta. Digger

mueve la nariz. Olfatea. Inspira.

—¿Qué es ese olor? —pregunta Digger.

Daisy mira.

—Pastel —responde.

Digger mete el hocico en la ventana.

—Huele bien —dice Digger.

—¡Cuidado! —le dice Daisy.

Digger salta justo a tiempo.

¡Bang! La ventana se cierra rápidamente.

Digger y Daisy caminan por el parque.

Digger mueve la nariz.

Olfatea. Inspira.

—¿Qué es ese olor? —pregunta Digger.

Daisy mira.

—Perritos calientes —dice.

Digger acerca la nariz.

—¡Cuidado! —le dice Daisy—.

¡Está caliente!

Digger y Daisy caminan por
el bosque.
Daisy se detiene.
Se fija en el suelo.

—¿Qué es eso? —pregunta Digger.

—Un hoyo —dice Daisy.

12

A Digger le gusta olerlo todo.

Mete la nariz en el hoyo.

Digger olfatea.

Inhala tierra por la nariz.

Digger inspira.

Inhala aún más tierra por la nariz.

—¿Hueles algo? —le pregunta Daisy.

—No. Ahora no puedo oler nada
—dice Digger—. Mi nariz está
llena de tierra.

Digger y Daisy siguen caminando.

Ven algunas flores.

—¿Puedes oler las flores?

—pregunta Daisy.

Digger olfatea. Inspira.

Pero tiene la nariz llena de tierra.

—No —dice Digger—. No puedo oler
las flores.

Es hora de comer.

Se sientan bajo un árbol.

Daisy le da un perrito caliente a Digger.

—¿Puedes oler el perrito caliente?

—pregunta Daisy.

Digger olfatea. Inspira.

—No —dice Digger—.

No puedo oler el perrito caliente.

Daisy le da un trozo de pastel a Digger.

—¿Puedes oler el pastel?

—pregunta Daisy.

Digger olfatea. Inspira.

—No —dice Digger—.

No puedo oler el pastel.

Pronto es hora de volver a casa.

Salen caminando del bosque.

Digger no olfatea.

Salen caminando
del parque.
Digger no
inspira.

Pasan por la casa.
Digger no mueve la
nariz.

Pasan por el jardín.

Digger no huele nada.

Pero Digger ve algo.

Está en las flores.

Es blanco y negro.

Digger mete la cabeza en las flores.

Digger olfatea fuerte.

Inspira con mucha fuerza.

Y luego, un estornudo grande.

Ahora Digger puede oler nuevamente.

—¡Cuidado! —le dice Daisy.

Pero es demasiado tarde.

Digger huele el zorrillo.

¡Y Daisy huele a Digger!

—Tienes una buena nariz, Digger
—le dice Daisy—, ¡pero hueles muy
mal!

Busca los otros libros de la serie de Digger y Daisy.

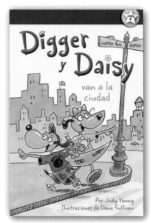
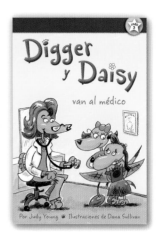

"En este libro para nuevos lectores, un perro aprende de su hermana lo que puede y lo que no puede hacer como otros animales cuando van al zoológico... Es un hermoso tributo a la camaradería entre hermanos... Esta obra es una excelente invitación a leer y fomenta pasar el tiempo con hermanos."

—*Kirkus Reviews*